AF340115

LE CHAT

« *Tout peut se raconter* »

EDOUARD TAINE

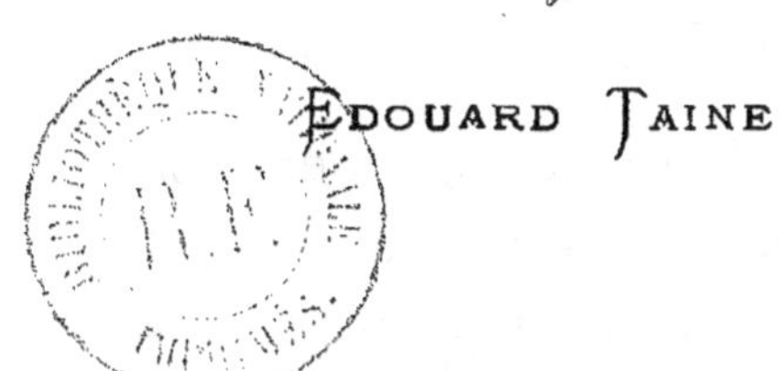

PARIS

RICHARD ET Cie, IMPRIMEURS - ÉDITEURS

19, Passages de l'Opéra, 33

1880

A

MONSIEUR LE MARQUIS D'ALTA-VILLA

Prenez ce cadeau, quoiqu'il soit petit:
Tout petit qu'il est, pourtant je l'envoie,
Vêtu de velours et brillant de soie :
Défiez-vous-en, car il me mordit.
C'est un petit chat, et je me rappelle,
En vous l'envoyant, celui qu'un matin
Je vous vis aimer. Le mien est malin ;
Il vous parlera de certaine belle,
Qui, bien mieux que lui, porte griffe et dent ;
Peut-être il voudra, chez cette cruelle,
Vous conduire aussi..... Défiez-vous-en !

E. TAINE

LE CHAT

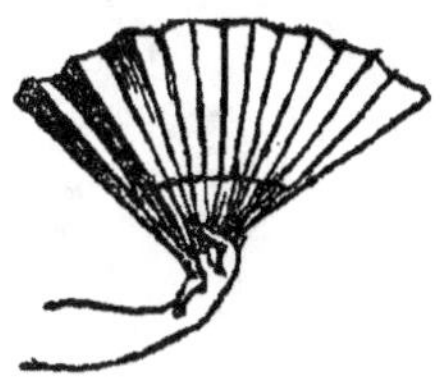

Ma voisine, adorable brune,
Possède un trésor, un bijou,
Que vous paieriez d'une fortune :
J'en perds la tête, j'en suis fou !

Chacun le convoite à la ronde,
On l'aime dès qu'on le connaît ;
C'est le plus joli chat du monde :
Je l'appelais « Petit Minet. »

Comme il est souple dans sa robe,
Dans sa robe de velours noir,
Et comme vite il se dérobe
A qui de trop près veut le voir !

Il séduit, il captive, on l'aime,
De tous il est le favori ;
Il eût ravi Gautier lui-même,
Et Mazarin, et Champfleury.

Il est, de la tribu féline,
Le plus coquet, le plus charmant,
Le joli chat de ma voisine,
Plus chatte encor que lui, vraiment!

Tous les deux ont fait à mon âme
Une blessure, qui toujours
Me dit que le chat et la femme
Ont mêmes pattes de velours...

Je vais vous raconter l'histoire :
Ma voisine avait pris mon cœur
Avec ses longs cheveux de moire,
Et son regard doux et moqueur.

Qu'elle était belle! J'imagine
Que, le front triste, humilié,
Une princesse de la Chine
Eût jalousé son petit pied!

Main blanche et longue de duchesse,
Taille souple comme un roseau,
Que le vent incline et redresse
Coquettement au bord de l'eau.

Sa bouche, comme une grenade,
Où seraient des perles d'émail,
Chantait une joyeuse aubade,
Duo de nacre et de corail.

Démarche altière d'une altesse,
Pourtant l'air ou l'esprit mutin,
C'était la femme, la déesse,
C'était l'ange,… le diable, enfin !

Mignonne ! (doux nom pour la rime,
Doux nom que mon cœur te donnait)
Pourquoi m'as-tu fait ta victime
A l'aide de « Petit Minet : »

Un soir, j'étais seul dans ma chambre,
Lorsque (le traître petit chat !)
« Petit Minet, » parfumé d'ambre,
Sur mon lit, sautant, se coucha…

Ravi, songeant à sa maîtresse,
Je prodiguai baisers, bonbons :
— Il me rendait chaque caresse
Par les plus amoureux ronrons !

Puis je le remis à « Mignonne »
Qui, souvent depuis, me rendit
Des visites, sans que personne
Ne l'aperçût, ne l'entendît.

Les beaux jours, les doux tête-à-tête !
Oh! les doux entretiens à trois !
Car le chat était de la fête
Et même le héros... je crois!

Ce bonheur eut courte existence !
Mes pleurs en furent les rachats !
Qui pourra dire l'inconstance
Du cœur des femmes et des chats !

C'était à l'époque où rayonne
Le soleil au bois parfumé —
« Petit Minet » avec Mignonne
Me quittèrent au mois de mai !

Ma Mignonne d'humeur volage
Ne vint plus pour parler d'amour;
Pour des matous du voisinage,
Minet m'abandonne à son tour !

J'ai voulu retenir Mignonne,
Doux trésor à jamais perdu !
Elle a fui !... Mon cœur lui pardonne,
Ce pauvre cœur qu'elle a mordu !

J'ai voulu caresser ensuite
« Petit Minet » — Mais le méchant,
Imitant Mignonne bien vite,
M'égratigna jusques au sang.

Tout mon bonheur ne fut qu'un rêve !
Du mois de mai, du renouveau,
La vive et pénétrante sève
Des ingrats troublait le cerveau !

Doux mois de mai! mai des poètes !
Mois des splendides floraisons !
Quand tu prépares tes fleurettes ,
Tu prépares les trahisons !

Maintenant, tout seul dans ma chambre,
Le cœur gonflé par le regret ,
Je crois encore , parfumé d'ambre,
Voir revenir « Petit Minet ! »

Je crois voir s'entr'ouvrir ma porte
Comme autrefois, hélas! le soir,
Pour Mignonne qui me rapporte
Son chat vêtu de velours noir.

Au printemps succède l'automne ;
Moi, je garde en mon deuil secret :
L'ingratitude de Mignonne ,
La griffe de « Petit Minet ! »

Edouard Taine

Imp. Richard et Cie, 19 et 33, Passages de l'Opéra.